詩集

ふたご座流星群の季節

小林登茂子

土曜美術社出版販売

詩集　ふたご座流星群の季節＊目次

寒椿の季節

階段　8
一本の道　12
ゆれる落ち葉　14
アルメリアが濡れて　16
恋人たちは彫刻　18
寒椿　20
ささやかな歌を　24
レモンティーの別れ　28
初めての一人暮らし　32

ふたご座流星群の季節

パラドックスの賭け　36
ちょうの翅　40

こなゆき　42
こんやのねむり　44
錯覚　46
青春そしてチェンジ　48
イスタンブールへ　52
綱引き　56
あれから半世紀あまり　60
うろこ雲　64
陽だまり　66
恵み　68
サンドイッチの行方　70
最後の仕事　74
誰にも見えない　76
嫉妬　80
基本ルール　84
男の残したもの　88
寡黙な孤独　92

ふたご座流星群　96
ジグソーパズル　100

黄色い蝶の季節

燃え尽きて　秋谷豊氏に　106
黄色い蝶　108
うたとピアノとともだちと　112
スナオ先生　116
五十年ぶりのトシ子さん　120
牧師さま　森田進さんへ　124
ひとみの先は　ただ一つ　128
春の息吹　132

あとがき　134

カバー画／深沢朝子

詩集

ふたご座流星群の季節

寒椿の季節

階段

この世に　生を受けたことは
らせん階段を　昇り続けることのようだ

時折　通り過ぎるヘッドライト
照らされて　ひかる雨あし
（雨が降っていたのだ　いつのまにか

重い足　重い身体　沈む心
コートを　脱ぎ捨てて

靴を　放り投げて
（横になりたい
願いを無視して　歩を刻む足
無気力に　それでいて規則正しく

身体の中で育っていくもの
胸を押し上げて
徐々に
気づかない間に
私を支配して
息苦しくさせる
内部に
染み渡っていくもの

心は毅然としている
（つもりだけれど
身体が　宙に浮いている
昇り続けなければならない
この階段の
なんと　暗いこと
なんと　永いこと

いま　私は昇り始めたばかり

一本の道

私の中を
一本の道が　通っている
お花畑があって　そこを潤す
ため池がある
一日の終わりに　そこを通り
その日の私に　さよなら
出来ると

明日も　元気でいられる

ゆれる落葉

心は　風に舞う落葉なのか
風が吹くままに　揺れ動く心が
私を苦しめる

確かで揺るぎないもの　堅牢なダイヤモンド
（好きなのは　光の差し込む角度で
　色を変えるオパールだけど
私が　生きている　証拠

生きることの意義も
目的も持たず
呼吸することは　苦しみの原因

生きていく真実
確かな心が欲しいのに
私の心は　朽ちていく落葉なのだ
（他人《ひと》はそれを甘えという

お互いに　批判以外の言葉を持たない
頭でっかちの　自意識過剰の　集まりの中で
ゆれる　枝から落ちて

アルメリアが濡れて

雨が降っています
アルメリアが　しっとりと濡れています
私の心は　とっても静かです
私には　あなたが必要
でも　あなたには　必要ないらしい
（それもあなたには　関係のないこと
雨の中でさえ　歓喜にふるえているこの花を

この小さな　アルメリアを
あなたに　捧げましょう

じっと　見つめてください
あなたのために　何か

雨が降っています
アルメリアが　しっとりと濡れています

小さく　ひっそりと
ふるえながら　咲いています

恋人たちは彫刻

たそがれの中で
あじさいの薄紫の花が　ほほえむ
淋しさを　こらえて

太陽の落ちた空
乳を流したように　やさしくなめらかなその肌
カッコウアザミの小さな花
ひっそりと　ふるえながら咲いている

コツ　コツ　コツ
パールのハイヒールが過ぎていく
鈴かけが　シルエットと化していく

恋人たちは彫刻となる

私の心は
底のない奈落の果てに　落ち込んでいく

寒椿

改札口を出て
線路に　直角に架かった橋を渡って
坂道を上ると　中ほどに喫茶店がある

奥の壁で　大きな水車が水を受けて
ゆっくりと　回っている
男はコーヒーを　女は紅茶を注文すると
ただ　黙っていた
――ことばは空気に触れると　嘘に変わる

約束はきっと破られる

紙ナプキンに
相手の名前を　ひらがなで書く
代わるがわる　空白がなくなるまで
みじかい鉛筆を　渡すとき
かすかに　指が触れ合う
無言のまま　女を見つめ　男を見つめかえす

男の茶色がかった瞳が
光を受けて　青くひかり
女の磁場に　吸い込まれていく

線路に沿って

堀が流れを見せずに　流れている
（もうすぐ　あなたと奥さんの間に赤ちゃんが……）
橋の袂で　寒椿がひっそりと咲いている
冷たい流れの底に
真っ赤な花首がひとつ
沈んでいる

ささやかな歌を

見上げれば
青く　高く　澄んで
かすかに　小鳥たちのさえずり
自在に　飛びまわる影

あなたの歩む道と
私の道とは　決して交差しない
初めての　出逢いの日の確信

それが　二人を　無防備に結びつけて
ゆるやかに　今日へと

出逢うまでは　宇宙の果てまでもと
屈託なく　飛びまわっていた　のに
深い瞳に　捕らえられて
カゴの鳥

触れる指先は　イナズマ
怯える心を　真綿のように包み込んで
あなたは　決して

瞳に閉じ込められて
歩む道も　呼吸も

おぼろに　うろこ雲の彼方
返して　ください
翼を　ささやかな　さえずりを
九月の底なしの空を舞う
小鳥たちのように

レモンティーの別れ

あなたと　初めて過ごした時間は
コーヒーとレモンティー

やがて　あなたの手が　優しく　のびる
身体が甘く　天地に飛び散って　手だけが残る
細い指　温かい手

（でも　時として荒れ狂う台風のような
激情をどうすればよいのでしょう

私を抱き上げるのに　あなたの腕は細すぎる
私の肩を抱きしめるのに　あなたの指は細すぎる
レモンティーは冷えてしまった
津波のような私を　どうぞ許して

そよ風が　あなたのほほをなでる
けれど　それは　つかの間
やがて木枯らしとなって　裸のムチで
あなたのほほを　打つ

アルメリアが　あなたに微笑みかける
でも　それもつかの間
あなたの腕に　抱かれると
その熱で　枯れてしまう

（あなたの温かいけれど　細い指を
　求めてはいけないことに　気づいてしまったのだ

そんなに　寂しそうな顔をしないで
この星に許された命　ふたつ
出逢ったのは　奇跡
別れは　水の流れのままに

初めての一人暮らし

あなたを困らせたくて
――家に帰りたくない
だだをこねると　父親みたいな口調で
――そんなこと言っちゃいけないよ
それが面白くて　何度も言った
（甘ったれで　寂しがり屋で　わがまま
あなたを　いじめてばかりいた

――今　逢えなくなったら寂しいな

遠くを見つめて　ほほだけで笑っていた

ホームまで送ってくれて
電車のドアが　閉まると
小さくうなずいて　それっきり

一人住まいは　心配していたことは少しもなく
娘のように　世話してくれた叔母がくれた
小さなお鍋　やかん　おさら　お米　梅干し
おかず入れ　洗面器　お盆
（いろいろ　心配してくれたり
　手放しで　包んでくれる人はいないけれど

偉そうなことばかり言っていた　あの頃

（生きる道　人を信ずること　愛することの
迷路に立ちすくむ
私の扉を開いてくれたのは
しなやかでやわらかな　細い指

半世紀も経てやっと気付いた　幼さ

ごめんなさいと　ありがとうを
夜空の星に　告げている

ふたご座流星群の季節

パラドックスの賭け

男二十二歳　女二十歳

――誰かに　うんと甘えてみたかった
――俺に　甘えてくれ
（彼には　甘えられない
対等な一人の女として　みられている
らしいから

実態は　ただの　わがままな未熟児

彼は　まだそれに気づいていない　のだろうか
そんなことは　あるはずがない
二時間以上も　持論を　話し続ける男
女の理解は　そっちのけ
自分の知識を　披露してくる
来る日も　来る日も　そして　来る日も

男は　女の理解しがたい
類ない　強引さと　勤勉さと
パラドックスを多用する
複雑怪奇な
（カワイイ　ボーヤ
内容よりも　話し続けるエネルギーに

圧倒されて　魔法にかかった

賭

未来に　虹が
架かる　かも知れない

ちょうの翅

あなたの歓喜の中で
私の心は　深いため息をつく

吸い込まれそうな　青い空と
噴水の　キラキラと輝く水玉と
若葉を撫でる　風の中に
私の心は　沈殿する

さわやかな風は

髪を愛撫し
真っ白な　ブラウスを着せる
けれど
沈殿した心に　ちょうの翅を付けるには
あまりにも　弱すぎる

あたたかな胸と　強い腕の中で
身体は　とけていくのに

こなゆき

こなゆき　しんしん　ふっている
こいぬが　ワンワン　はしっていく
あしは　こごえて　かじかんで
　おちちを　そんなに　かまないで
どこかで　あかちゃん　ないている
わたしの　こころが　ひめいをあげる

こなゆき　ひっそり　おともなく
こころは　こごえて　かじかんで
こいぬは　どこへ　いくのだろう

しろくしろく　すべてをかくし

ももも　おへそも　ゆきまみれ

ぎく　しゃく
しゃく　しゃく
かじかんで
じぶんのあしで　あるけない

こんやのねむり

こんや　あなたはこない
わたしは　まっているわけではない

とけいのはりが　きそくただしく　うごいていく
ときをきざむはりが　わたしのからだをきざむ
けがれたたましいを　きざむ

もじばんを　みぎまわりにまわる　はりよ
まわるのをやめて

わたしを　きざまないで

わたしを　とおくへつれていって
あのひとの　いないところへ
その　とどまることをしらないちからで

わたしに　ふかいねむりを
あのひとに　しはいされない
わたしだけの　ねむり

こんや　あなたはこない

錯覚

身体が　一つであるように
生きることに　孤独は付きもの

心が　溶け合い
身体が　溶け合い一つになることは
錯覚なのだ
（一時の自慰行為

愛の不在　愛とは

男の論理は　正当であるか
で　あるなら
愛を　愛の証を
交わりは　愛の証にはなり得なかった
凍った心を　更に凍らしてしまう
（幼い　あわれな恋人たち

女は男を傷つけるばかり
（意気地無しで　甘えん坊
背伸びをするのは　やめよう

多くのものを　求めすぎて
男を　愛の不在の　渦の中に
引きずり込もうとしている

青春そしてチェンジ

安保反対のデモが
国会まわりで　連日行われていた
一九六四年

流行の実行委員会が発足
本人が　ぼんやりしている内に
ジューン　ブライドになった
典ちゃんが仕立ててくれた　ウェディングドレス
ノンちゃんが　結婚式でかぶった白いチュールかぶり

肘まで隠す白い手袋

腺病質の自律神経失調症
通勤電車で貧血起こし　駅のベンチで横たわる
夏ともなれば食欲増進剤を飲んで　生命をつないだ
役立たずの嫁の結婚指輪は
義父からのプレゼント

昼間は　国家公務員
夜は演劇サークルで芝居の稽古
やさぐれは　マージャン組合活動
それぞれが　やりたいことをやって
誰からも　既婚者に見られない
共通項の見えない二人

五年後　やさぐれのすすめで　俳優教室に入学
基礎訓練の日々
腹式呼吸でア・ア・ア・ア・アーと
早口言葉
フラメンコに　タップダンス
モダンダンスで　宙を飛んだ
二年間　バイトと芝居と映画の日々
卒公は　シェークスピア
一晩中　別れを惜しんで　朝帰り

劇団も決まり　いよいよ船出の時に
コウノトリからのプレゼント
熱かった俳優志願から　あっさりと

母親志望に　チェンジ

イスタンブールへ

二人の適切な距離のために

翼の下に　海岸線を追いかけて
やがて　雲を突き破り　その上に浮かぶと
雲海の中に　二等辺三角形の頭が
きっぱりと　日本との別れ

半世紀もの時間を重ねても　身体を重ねても
二人は　一人にはなれない

寄り添えばそうほど　その違いは鮮明に
ねじれて　歪んで
それぞれが　蝸牛になってしまった

西へ西へ　太陽を追いかけ
同じ日付が　三十時間を超えた
ブラインドを下ろし
日本時間十八時　機内食のビールが苦い

イスタンブールへ
オリエント急行の　終着駅
シルクロードの　始まるところ
新しい　スタート地点

二十一時　機内灯が消され　瞼を閉じる
意識は冴え冴えと　夜は行方知れず
ブラインドの隙間から
沈まない太陽が　眼底を容赦なく射る

ただ　ひたすら
寡黙な蝸牛　二匹
それぞれの　旅立ち

綱引き

初めて交わした言葉
　俺はお前と結婚するぞ
ここに君がいたからさ
明るくって　影があって　君のトータル
突然の　あの日から
五十五年が　過ぎ去った

すべてが　ゆるされて

いつの間にか
全てを　許して
まあ　いいか
飲んでも　いいか
食べなくても　いいか
（おっと　体温は温かく保たなければ

生命維持　ギリギリの綱引き

些細なことでも　油断大敵
気をぬくと　おでこに絆創膏

いつの間にか
やさぐれ夫が　良人になっている

あれから半世紀あまり

俺がどうしてこんな事をしたか分かるかい

君が好きなんだ
知らないところは沢山あるさ
そんなの　問題じゃないんだ

愛してる　確かにそう言った
愛とは…
その形は……目に見える確かな形を

好きなんだ　愛してる
口の中で　くり返し
髪を愛撫し　肩を抱きしめ　頬ずりして

愛を　秘めていたとき
指先が触れただけで　心の震えた
私は　もういない

あれから　半世紀あまり
ジングルベル　デモ　海で溺れて
花火でやけど

振り返ると
ぼんやりと　見えてくる
萎えた二人の　足もとのひかり
三人の子と　孫たち四人

幸いに　二人の鼓動は　まだ響いている

うろこ雲

風に乗って　キンモクセイの香り
マユミが色づいた
はじけて
赤い実が　顔を出すのも間もなくだろう

病んで　入院した人の足を洗う
すっかり　やせ細っているのに
足だけが　むくんで太い
そっと　触れただけで　指の跡

どこまでも　海底のように　深い宇宙《ソラ》
やがて　高くたかく　吸い込まれていくのだ

陽だまり

広縁に　冬陽がさして
小さな鉢植えたちの　きそい咲き

松葉ボタン　真っ赤な二輪　娘のベランダから
白バラ　父の肩車から見た　浮き雲
黄ズイセン　雲南の黄色いチョウ
胡蝶ラン　顔をそろえて宇宙旅行　リュウグウをめざして
シクラメン　私たち二人の　いのち
濃紺ヒヤシンス　底のない　無限宇宙

恵み

走って　走って
倒れるまで
気力ばかり　漲って
肺機能も筋力も　計算せず

そうして
何もかも使い果たし
倒れた後は
愚かな身を　横たえて

満ちてくるまで　動けない
　ああ　走れる恵み
　　横たわれる恵み
いつも　護られていた

二倍　走っても
三倍　寝転んでいた
それでも
ささやかな筋力が　降り積もって
今日の生を　支えている

時は　流れた
浮雲は　かの岸辺に　向かっている
二人を乗せて

サンドイッチの行方

いつも　あなたの意思を　一番大切に思ってきた
ところが　突然の衝撃が　私たちの間に割り込んできた
すべての望みを　弾き飛ばして

その時には　もう船が　あなたを乗せて
走り始めていたのを　知らなかった

検査が終わったのは　十四時過ぎ
朝から　何も口にしていない

会計を済ませて
――何か食べて　帰ろうね
がんセンター内のローソンで　サンドイッチ二個と
微糖コーヒーと　お茶を買った

コロナ禍のこの夏　壁に向けて置かれた
テーブルといす二脚
あなたは車いすに乗ったまま　私の横に並んで
アルコールで　念入りに手を拭いた

コーヒーを開けて　ゆっくりふたくち
それから　卵とハムのサンドイッチを　びっくりするほど食べた
――美味しい?
尋ねると　向こうを向いたまま　小さくうなずいて

残りを丁寧に包んだ
それから　微糖を飲み干し
もう一本買って　家路についた

その夜　黒ラベルを飲みながら
――ヤブイシャメ　ノドガ　イタクテショウガナイ

意思を確認できないまま
終末医療病院への　転院の日が決まった
伝えたソーシャルワーカーに
――オレ　ソレマデ　モタナイヨ
（あの美味しいといった　サンドイッチの残りは
食べたのか処分したのか　　どうしても思い出せない

最後の仕事

――マッタク　ジコチュウ　ナンダカラ
非難する夫
――アナタノ　セイヨ
無言で返す
(すべてが許されて
自分のことだけ　考えて
暮らしてきたのだもの
いまさら　手遅れ

ＰＣを新しくしたため
私のメールが　使えなくなってしまった
苦言を呈した私に
――これだけは　使えるようにしなきゃ
　入院できない

下咽頭癌ステージ4を　宣告された夫が
寝間着のまま　トリセツ片手に
黙々と　設定作業

安堵と感謝と
ジコチュウ

誰にも見えない

愛が　見えなくて
見付からなくて
泣き叫んだことがあった

終戦間近に　生を受け
物心ついた頃から
男女同権　自由の朝日をあびて育った
二人の　出逢い

確実なものを求め　怒り狂い
角刈りで　雪駄が似合うと言われた男の
胸を　たたいた

ともに　歩む道を探しながら
二人の間で　綾なすものは何もなかった
確かな愛は　ゆらり幻
ベッドで握りあった
手のひらのようには　いかない

角刈りは　透けて白髪
ゆっくりと　歩む足もとに
もう　雪駄は似合わない

未だ　行方知れずの探しもの
老いて　立ち竦み
かすむ視力に　ぼんやり見えてきたのは

ともに　通院した時間に
交わした　短いことば

二人を　すっぽりと覆い尽くす
ことの葉の　綾地

嫉妬

アルバムに収められた　Vサインの男と　見知らぬ女
含羞の男の瞳に　嫉妬している

「夕鶴」の「つう」を　演じることになった
（芝居は　自分ではない誰かに変身することだ
「つう」は憧れの役だ　けれど
舞台上の偽りの愛　であっても
男の前で　演じることが出来なかった

芝居を続けることの　背中を押してくれた男に
出演する舞台は　必ず観てくれた男に
――観に来ないで

男の前で　純白の八百屋舞台*
白一色の　雪原の中で
――あんたが好き
「よひょう」に　この台詞が　言えなかった
「よひょう」と　抱き合うことが　出来なかった

それ以来　男は舞台を観に　来ない
男のアルバムに残る
私の知らない女との　ツーショットの

男の瞳に　嫉妬している

＊　舞台に傾斜がついていて、どの客席からもすべて見える。

基本ルール

魂の抜けた肉体は　微動だにせず
私を求めても来ない
拒絶さえして　バリアの中

――自分の身体は　自分が一番知っている
と　豪語していたが
身体の悲鳴が　聞こえなかったのか
寝間着のままで　いたことがない

早朝　救急車で入院する前夜
風呂洗いをしていた
（娘を妊娠したとき
　腹部を圧迫する姿勢が苦しいと
　伝えた日から　彼の持ち分

自分のことは　自分で
頼まれたことは断らない　が
二人の基本ルール
身体の悲鳴を聞きながら
ルールを守ろうとしていたのだろうか

救急車依頼の　電話の後
――ソバニ　イテ

と　右手を伸ばしてきた
——キュウキュウシャヲ　アンナイスルカラ
と　振り切って　外に飛び出した

（その時　血中酸素濃度は
九十パーセントを　切っていたと
救急車の中で　隊員から聞いた

一番　必要とされているときに
ルールを　破ってしまった

男の残したもの

――オレハ　シジュウマデ　イキレバイイ
十代から親の代理の会合で　酒たばこ
妻を受取人に　数種の生命保険加入

散髪は　月に一度　角刈り
入院中は　外出許可を取って　行きつけの床屋へ
結婚当初から一度も　変えなかった髪型
サイフ　時計　衣服　靴下　下着
妻のバッグまで　こだわりの自分流

水泳教室に申し込んだ三十代
二回通っただけでやめてしまった
――プールの中を歩かせられる　主婦と一緒に
運動用の自転車　いつの間にか処分
健康ぶら下がり器　しかり

――腹が出てきた
自覚したその日から
トレーニングではなく　黒ラベル
足腰の衰えは　成るがままに
――杖をついてでも　歩かないと
――年寄り臭くて

書籍辞典ぎっしりの　書棚の隅に
カセットテープ
童謡からクラシックまで

ある日の子供たちの声と
一九九〇年八月三日
新川和江と吉原幸子のラジオ番組
「新しい性　母親として」三回分

寡黙な孤独

二十代で　人生仕舞いを四十と決めていた
その理由を　問うこともしなかった

活動家には　各会派があり
デモ参加の　女子学生の死亡
海外を目指した一派の　飛行機乗っ取り
仲間同士の　粛清殺人

男の革命は

密かな　いくつもの挫折は
燃えたぎる血潮を　凍えさせた
寡黙な　孤独よ

ひ弱な妻とともに　子育ての明け暮れ

終活は　一切していない
書棚の　分厚い書籍はそのまま
色あせた背表紙に　ドストエフスキー　サルトルなどと
戦争　革命の文字

病院のベッドで
――早くここを　脱出しなきゃ
決意のように　小声で宣言

コロナ禍の意思疎通は　初めて手にしたスマホ
最後のメール
――アイスクリ、あい

「頼山茂秀」と名前を変えた
仏壇のかたわらで
孫を抱く瞳の
やわらかな　ほほえみ

ふたご座流星群

四ヶ月が過ぎた
ダブルベッドには　枕が二つ
（介護のためには
別々のベッドをと　薦められながら
実行できずにいた

昨夜から　ふたご座流星群の流れる日
早朝四時に　外に出る

満天に輝く　星々の中
頭上　南の上空に
オリオンが　やっこ凧みたいに張り付いている
スバルとオリオンの間を　星が流れた

明け方の空は　蒼く深い

――今　どこにいるの？

探しても
気配をなくした男は　現れない
（二十代の無口な男の　含み笑いのひとみ

冬の大三角形の中を
また一つ　星が流れた

ジグソーパズル

最後のピースが　ピタリと収まった

唐突に薦められた　俳優養成所
夢の実現は　償いのプレゼント
卒業と同時に　懐妊したことの謎も　氷解

初産の時は　泣き叫んだあげく　意識不明
赤ん坊に　産声がない
ピタピタと　たたく音に重なって

――サンソ　サンソ
慌ただしく　走り回る気配

三人の子の母となった女を
原因不明の　微熱がおそった
近隣の　名のある病院すべてで
検査を　一年以上

病名不明のまま
芝居の公演　キャストのオファー
半年近くの稽古の中で
熱のでない日が　一日　二日と
気づくと　解放されていた

――好きなことを　させる
男が　言った

発熱は　病の吃水線
芝居という　仮想現実に没頭することで
肉体までも　改善したのか

家事育児を　男に助けられ
芝居に明け暮れて　三十年あまり
同時に海外旅行　盲人のための音訳　対面朗読
詩人との交流

数え切れない　諍いがあった
胸の内を　矢につがえて発射し尽くせば

後には　何も残さない女

矢を放つことも
胸に刺さった矢を　引き抜くこともしない男
無言が　一ヶ月も続いたことがあった

一度も　束縛されたことがなかった
のではなく
ただ　望むままを
許された

黄色い蝶の季節

燃え尽きて　秋谷豊氏に

未踏の地を　歩き続けた
砂漠の真ん中で　あるいは
三千六百メートルの
高地で　詩人たちの朗読会を開いた

死者をまとい　自身のため　万人のため
前のめりに　痛む足を引きずって
つまずきながら　なお　前進する

あまりにも　長い間　歩き続けたので
止まることを恐れ　その方法を
見落としてしまった

授けられた命を　見つめ
未来へ連なる命を　見極め
燃え尽きるために　策略を練った

長きにわたる習性が
今　天上からの　まなざしとなって
万人の上に　降り注いでいる

黄色い蝶

二〇〇七年　雲南
石林《セキリン》の石の林は
海底から隆起した岩石が　風雨にさらされ
二億八千万年の時を経て造られた

隆とそびえる　石の林を縫って
地底から　湧き上がるように
黄色い蝶が　次々と舞い上がる

蝶々に囲まれて　野村路子さんは
テレジン収容所の子供の　詩を朗読した

　蝶々
最後の　本当に最後の蝶々
明るく　まぶしく　黄色にかがやく
まるで　白い石にこぼれて　きらめく
太陽のしずくのように

そんな　黄色い蝶々が
軽やかに　空高く　舞い上がっていく
きっと　世界に　さよならのキスをしたくて
高く　高く　飛んでいくのだろう（以下略）
（パヴェル・フリードマン　野村路子訳）

ユダヤ人の子供たちは親と離され
一片のパン　固形物のほとんど入っていないスープ
木製の三段ベッド　数人で一枚の毛布
空腹と寒さに震えて　労働の日々

楽しかった思い出を　絵や詩に書くことで
生きる光を見つけた
画用紙は　半分に分け合い
段ボール　使用済み書類や包装紙の裏

パヴェルは
一九四四年九月　アウシュビッツへ
その年から翌年にかけて

子供たちの多くが　天に昇った
（一月生まれの私　パヴェルとは
　九ヶ月間の生命の重なり

あの日　舞っていた黄色い蝶は
路子さんから　飛翔した
ユダヤ人の子供たちの　陽炎だ

うたとピアノとともだちと

二〇一八年の年賀状
晴れ着を着て　羽根つきや百人一首を楽しんで
ご馳走をいっぱい食べて
ほんとに幸せだった幼い日の私の〈お正月〉
あの戦争に踏み消された〈お正月〉

八十五歳になった　今
私の〈お正月〉は
絶対に　戦争を許さない誓い　ともにある

通称ｐ子　橋本安子さんは
新宿三丁目にある
うたごえ「家路」の　オーナー兼　伴奏者

戦後　二十歳からの六十五年
うたごえの中で　生き続けてきた
自己流で　身に付けた
伴奏のレパートリーは　二千曲

二〇一九年二月十七日
四十周年記念イベントは　仲間たち十四名が企画運営
受付　会計　司会者　姪のユミがピアノ伴奏補助
参加者は沖縄　鹿児島

栃木　埼玉　東京　神奈川エトセトラ
ラメ入りのブラウス　黒のロングスカート
ヒールの靴で　ちょっぴり背の高くなったレジェンド
真紅の薔薇が　主役のしるし

うたごえを愛する　ともだちから*
託された（と思っている）
「家路」という宝を　守って　生きる
八十六歳と　百七十二名の
濃密な二時間が　流れていった

＊　二〇一九年のｐ子の年賀状。

スナオ先生

光を知らない高校教師
顧問をしているクラブの部長の文章を
録音をしたいと　久喜図書館に来た
二つ隣の白岡駅から電車に乗って　循環バスを乗り継いで
対面朗読　初体験

——短いので、すぐ終わります
先生がレコーダーを　セットして開始

再生操作……　無音

再録音の準備している間に　下読み
――先生のお名前は　ナオさんでいいですか
――スナオといいます

再録音完了　やはり　……無音
二台目のレコーダーをセットして再び挑戦

先生は　二台のレコーダーと格闘
朗読者は　読み間違えるし
お互いに　自分の所為で失敗かと冷や汗
完了までに　一時間あまり

利用者の目となって　文字を読むボランティア
対面朗読を　四十年もやっているのに
初体験の先生と一緒に　困りはてた
けれど　合間のおしゃべりで
スナオ先生がクラブの生徒たちに　大人気なのを知った

五分足らずの録音を　予備のレコーダーまで準備して
一日がかりで　完成させたスナオ先生
今日　大ファンが一人増えた

五十年ぶりのトシ子さん

電話のベル
――島田です
女性の声　無言の私に
――トシ子です
明るい声が　追い打ちをかける
――まあ　ご無沙汰しています
取るものも取り敢えずの体　半信半疑　夢の中

――詩集　ありがとう
火焔山や鳴沙山
それから　三日月の形をしたなんだっけ
――月牙泉ですか
――そうそう月牙泉　お習字の関係で行ってきたの
シルクロード　懐かしくて　懐かしくて

ほぼ五十年前
私たちの　会費制結婚式に
仲人役で立ち会ってくれた　トシ子さん
三年前に倒れて
命は取り留めたものの　後遺症
お見舞いを打診したところ　断られた

踊りやお習字の先生をしていたトシ子さん
電話での会話は　スムーズで明るくはずんでいる

――リハビリのおかげで
やっとこれだけ話せるようになったの
お習字も　左の手で書いているの
人様に見せても　恥ずかしくない字が
書けるようになったのよ

――すごい!!!　偉い　えらい
溢れる涙を拭いながら
年上のひとを　褒めたたえた
半世紀も　音信のなかったひとと

詩を介して　交流

牧師さま　森田進さんへ

お知らせのあった日
庭で　かの子絞りのヤマユリが咲いた

二十年前　一九九八年七月二十一日
東京オペラシティ　リサイタルホール
一緒に　韓国のステージを観た
終了後　伊藤桂一夫人をタクシーに乗せたあなたと
新宿駅の埼京線ホームに立った
電車が来ていないのに　発車のベル

振り向くと　十メートルも後方に電車

ベルは鳴り続ける
——乗りたいよ～
私は叫んで走った　あなたも走った
（あなたは　その電車に乗らなくても
　よかったのに

息を切らして　一番近くのドアに辿りつく
ベルはけたたましく鳴り響く
前の人をかき分けて乗った
振り向くと　あなた
（ちょっと　恥ずかしくて　うれしい
赤羽まで　身動きできない中で
あなたはずっと笑顔　小さく言葉を交わした

韓国の植物園で
——ぼくの家内です
ほっそりと　もの静かな女性を紹介された
少年のように　うれしげだった
穏やかに新妻を見つめるあなたを　見送った
（あんまり邪魔しちゃいけない

講師にあなたの名前を見つけ　出席した会
久しぶりに　東京でお逢いした
——牧師は休みがないから　酒が飲めない
不満げにいいながら
その笑顔は　充実した日々を物語る
（全く　牧師さまのニオイがしない

二〇一八年七月二十八日
あなたとの時間が　甦った
かの子絞りの　ヤマユリが揺れている

ひとみの先は　ただ一つ

細いトンネルを
回転しながら　やっと
通り抜けた
何もかも　おぼろなこの世

こぶしをにぎりしめ　胸に抱え
足は　くの字
小さくちいさく　まるくなって
いちご大福みたいに　ゴロン

寝返りなんて　とんでもない
　おなかすいたよ
　ねむーい
　おしり　つめたいよ
二時間ごとの　おっぱいと　おむつ替え

泣けば　ふわりと抱っこ
規則正しい　ドックン　ドックンに包まれて
眠りにつくまでの　ゆりかご
ユーラ　ユラ

乳飲み子の　母を見つめるひとみは
うっとりと　まっすぐ

ビームで結ばれ
片時も　離れない

命の息吹が　流れて
まるで　へその緒みたいだ

春の息吹

タケノコ　ニンジン　コンニャク　マイタケ
油揚げ　鶏肉　小さく刻んで
砂糖　みりん　酒　醬油　出汁をきかして
炊き込みご飯
手抜き料理の定番
好き嫌いの多かった　息子の大好物
誕生日の祝い飯

タケノコの穂先とわかめを
薄味で煮付ける
すこし残っている　えぐみ
タケノコの刺身も　ちょっとえぐい
今日は　タケノコづくし

タケノコと一緒に　やってくる
幼い日の　風呂場での約束
——おかあさん　おちんちん　ないの
　ぼくのおちんちん　かしてあげるね

あとがき

二〇二〇年八月二十一日、夫が旅立ちました。

穏やかで、きれい好き、家の掃除は一手に引き受けてくれていました。

夫との五十五年間を振り返れば、世間の常識からはかけ離れたことばかりでした。

若い日、腺病質だった私は活動する度に発熱などを繰り返し、生命に不安を抱えて日々を過ごしていました。そんな私の人生を可能なかぎり、広げてくれ、生命を守ってくれた人でもありました。

諦めていた芝居への夢をつないでくれ、結婚当初から通算四十年間にわたる演劇活動を続けられました。職場の泊まりの出張にも行けましたし、詩人仲間との海外旅行にも参加できました。夫は私が留守の間の家事育児を担ってくれました。

一年前まで、同期の友人たちとの飲み会に参加していましたが、突然癌のステージ4と宣告され、介護という介護もしないままコロナ禍の中での別れがやってきました。感謝のことばを伝えることも出来ず別れてしまった人へ、感謝の思いを伝えようとこの詩集を編みました。

高橋次夫氏に形を整えていただき、深く感謝しております。土曜美術社出版販売の高木祐子社主、表紙絵を描いてくれた深沢朝子様、共に大変お世話になりました。感謝申し上げます。

二〇二一年三月

小林登茂子

著者略歴
小林登茂子（こばやし・ともこ）

1944年生まれ。
詩集『赤い傘』『薔薇記』『扉の向こう』『シルクロード詩篇』
『最後まで耳は聞こえる』『記憶の海』他

所属　日本現代詩人会　埼玉詩人会　埼玉文芸家集団会員
「晨」「豆の木」同人

現住所　〒346-0005　埼玉県久喜市本町 1-4-45

詩集　ふたご座《ざ》流星群《りゅうせいぐん》の季節《きせつ》

発行　二〇二一年八月二十一日

著者　小林登茂子
装丁　直井和夫
発行者　高木祐子
発行所　土曜美術社出版販売
〒162-0813　東京都新宿区東五軒町三―一〇
電話　〇三―五二二九―〇七三〇
FAX　〇三―五二二九―〇七三二
振替　〇〇一六〇―九―七五六九〇九
印刷・製本　モリモト印刷

ISBN978-4-8120-2632-8　C0092